Le petit chevalier qui n'aimait pas la pluie

GILLES TIBO · GENEVIÈVE DESPRÉS

Catalogage avant publication de Bibliothèque
et Archives nationales du Québec et Bibliothèque
et Archives Canada

Tibo, Gilles, 1951-

Le petit chevalier qui n'aimait pas la pluie

(Les imaginaires)

Pour enfants de 4 ans et plus.

ISBN 978-2-89608-097-7

I. Després, Geneviève. II. Titre.

PS8589.I26P43 2011   jC843'.54   C2011-941221-7

PS9589.I26P43 2011

Dépôt légal: 2011
Bibliothèque nationale du Québec
Bibliothèque nationale du Canada

Gouvernement du Québec — Programme de crédit d'impôt
pour l'édition de livres — Gestion SODEC
Nous reconnaissons l'aide financière du gouvernement du Canada
par l'entremise du Fonds du livre du Canada pour nos activités d'édition.
Nous remercions le Conseil des Arts du Canada de l'aide accordée
à notre programme de publication.
Programme d'aide aux entreprises du livre et de l'édition
spécialisée de la SODEC

Les éditions Imagine
4446, boul. Saint-Laurent, 7ᵉ étage
Montréal (Québec) H2W 1Z5
Courriel: info@editionsimagine.com
Site Internet: www.editionsimagine.com
Tous nos livres sont imprimés au Québec.

10 9 8 7 6 5 4 3 2 1

Il était une fois un petit chevalier qui adorait les chats,
les oiseaux et les gâteaux au chocolat. Il ne craignait ni la nuit,
ni les souris, ni les ennemis... Il n'avait peur que de la pluie,
celle qui fait rouiller les armures... Chaque fois qu'un nuage
se pointait à l'horizon, le petit chevalier se réfugiait
dans les caves de sa forteresse. Il y restait, tout tremblant,
jusqu'au retour du beau temps.

Lui, c'est un chat errant.
Il ne fait que passer.

La cuirasse est pleine
de trous afin de permettre
une bonne aération.

Lui, c'est un chien
qui n'a pas de nom.

Le petit chevalier
n'est pas très grand,
n'est pas très gros,
mais c'est lui,
le héros.

Le chat du
petit chevalier
s'appelle
Groseille.

Trois oiseaux
chantent leur joie
de vivre.

L'épée de bois
ne sert qu'à combattre
les mouches.

Les souliers pointus permettent
de ramasser les objets
sans se pencher.

Ce petit chevalier avait pour mission de veiller sur le royaume des Hauteurs, un curieux village que l'on avait construit au sommet d'une grande forêt. Mais comme on y menait une vie paisible et sans dérangement, le héros de cette histoire ne travaillait jamais.

Les jours s'écoulaient au rythme des jours... les semaines au rythme des semaines... les mois au rythme des mois. Selon les saisons, chacun des habitants de ce royaume vaquait à ses occupations préférées.

Il n'y a aucun ennemi à l'horizon.

Il est interdit de faire des feux de camps sur la lune.

Une longue échelle sert à se rendre à la Lune.

Mademoiselle Lafortune aime monsieur Painchaud.
Mais lui, il aime Jeanne Lorette qui, elle, préfère Jean-Guy Thibodeau.
Mais Jean-Guy Thibodeau n'aime personne.
C'est un grognon.

Le terrain de jeu préféré des enfants.

Monsieur Painchaud quitte sa boulangerie.

Une petite échelle pour cueillir les pommes.

Deux échelles mènent à une maison.

Les jumeaux Balko et les triplés Signoret cherchent des trèfles à quatre feuilles.

L'échelle pour grimper à l'école est très sécuritaire.

Le petit chevalier mange un morceau de gâteau en brossant son cheval.

Groseille essaie d'attraper une grenouille.

Un jour, de gros nuages se formèrent à l'horizon.
Le tonnerre roula au fond du ciel. Un orage
épouvantable s'abattit sur le village.
Terrifiés, les habitants grimpèrent aux grandes,
aux longues, aux interminables échelles
pour se réfugier dans leurs maisons.

Les souris
se mettent
à l'abri
sous un
parapluie.

Première
goutte de pluie.

Deuxième
goutte de pluie.

Groseille
déteste l'eau.

De gros nuages noircissent le ciel.

Des éclairs zèbrent le ciel.

Le tonnerre fait BOUM! BOUM!

Jeanne Lorette ferme ses volets.

Les Jumeaux montent dans leur refuge.

Monsieur Painchaud grimpe jusqu'à sa maison.

Troisième goutte de pluie.

Les triplés déguerpissent en criant : « Au secours ! »

Jean-Guy Thibodeau s'enfuit en grognant.

Comme d'habitude, le petit chevalier se précipita dans les caves de sa forteresse. Il se cacha sous une pile d'oreillers, puis sous son lit, puis dans une grande armoire.

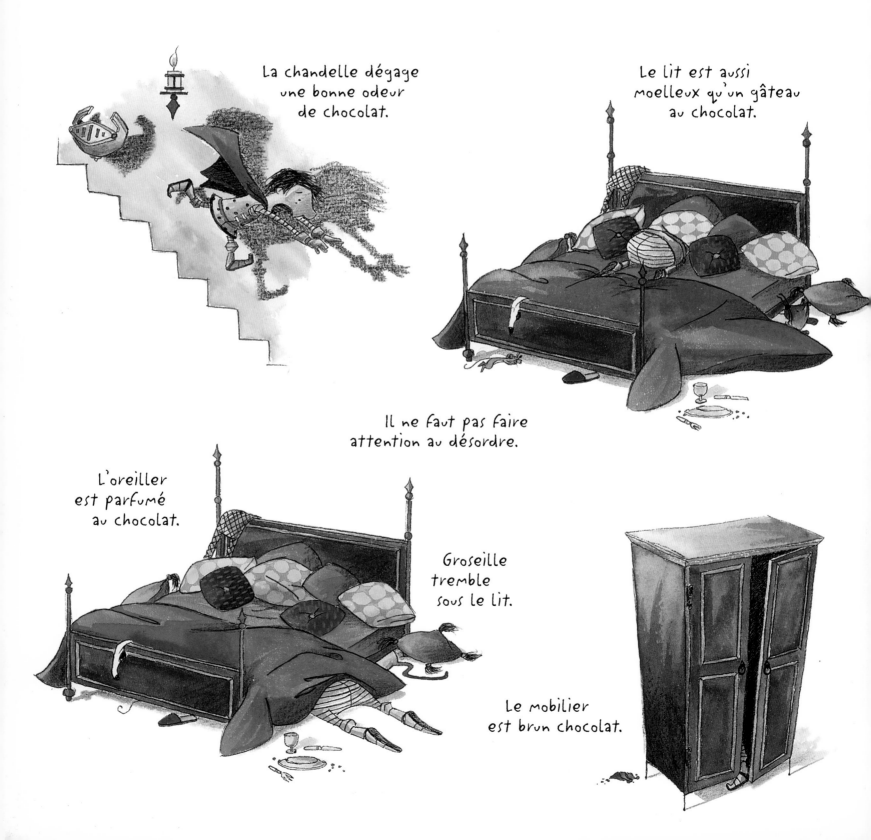

La chandelle dégage une bonne odeur de chocolat.

Le lit est aussi moelleux qu'un gâteau au chocolat.

Il ne faut pas faire attention au désordre.

L'oreiller est parfumé au chocolat.

Groseille tremble sous le lit.

Le mobilier est brun chocolat.

Là, le corps tremblant et l'estomac noué, il se mit à grignoter
des morceaux de gâteau pour oublier sa peur.

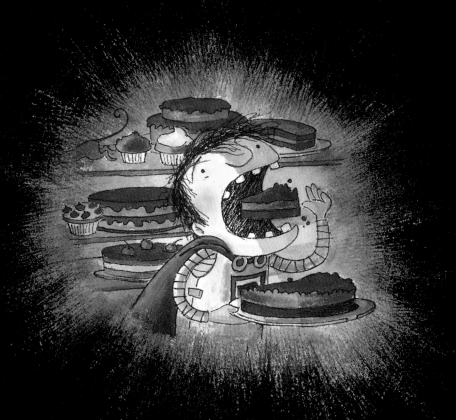

Une souris se sauve
avec un morceau
de gâteau au chocolat.

Les tablettes sont remplies
de gâteaux au chocolat.

Il y avait une cerise
sur ce gâteau,
mais une souris l'a mangée.

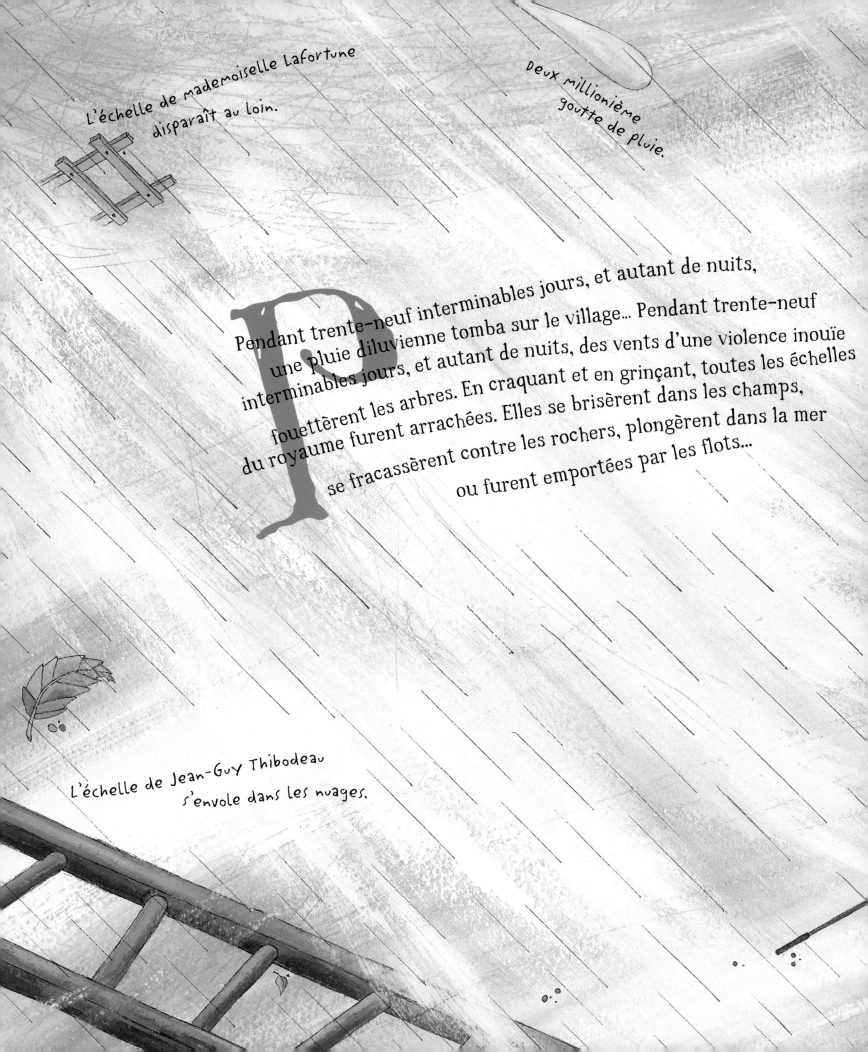

L'échelle de mademoiselle Lafortune disparaît au loin.

Deux millionième goutte de pluie.

Pendant trente-neuf interminables jours, et autant de nuits, une pluie diluvienne tomba sur le village… Pendant trente-neuf interminables jours, et autant de nuits, des vents d'une violence inouïe du royaume furent arrachées. Elles se brisèrent dans les champs, fouettèrent les arbres. En craquant et en grinçant, toutes les échelles se fracassèrent contre les rochers, plongèrent dans la mer ou furent emportées par les flots…

L'échelle de Jean-Guy Thibodeau s'envole dans les nuages.

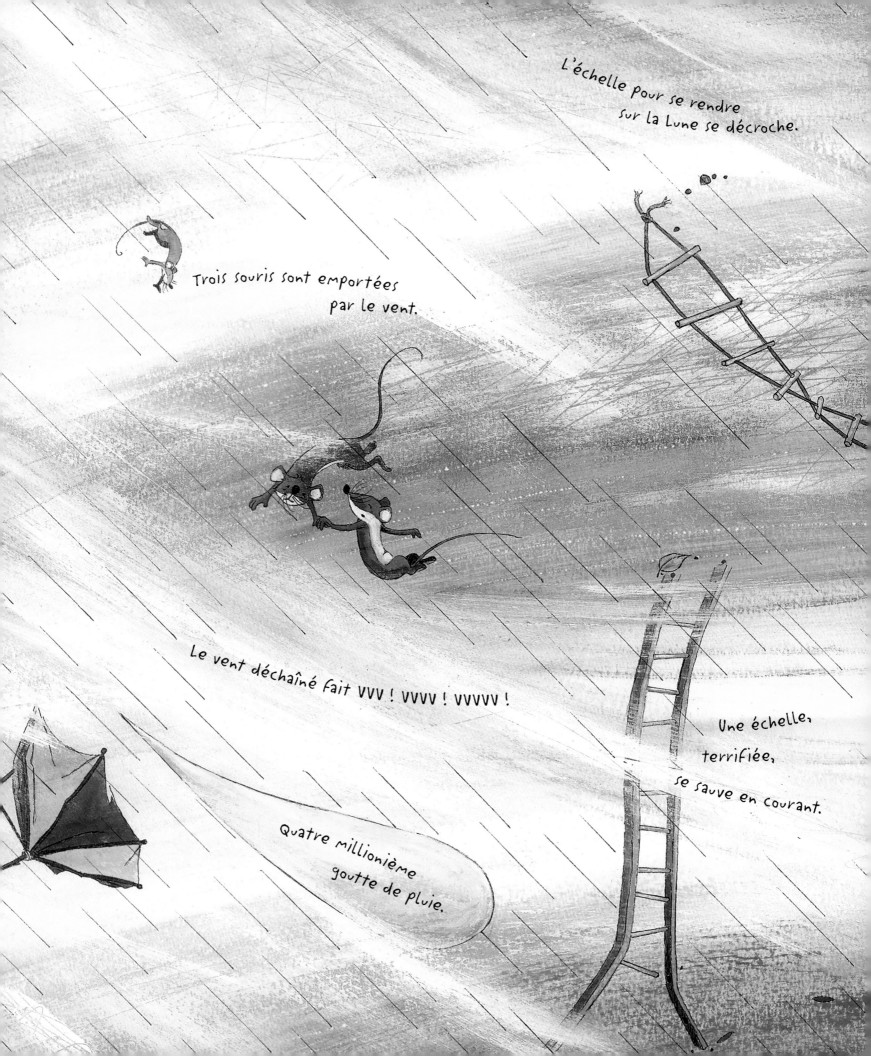

L'échelle pour se rendre
sur la Lune se décroche.

Trois souris sont emportées
par le vent.

Le vent déchaîné fait VVV ! VVVV ! VVVVV !

Une échelle,
terrifiée,
se sauve en courant.

Quatre millionième
goutte de pluie.

Au matin du quarantième jour, le vent cessa de souffler.
L'orage devint une pluie fine. Le petit chevalier sortit
de sa cachette, regarda dehors, écarquilla les yeux
et demeura bouche bée. En bas, dans le village,
il ne restait plus une seule échelle ! Plus personne
ne pouvait quitter sa maison ! Chacun avait épuisé
sa réserve de nourriture. Sur les bacons, les toits,
les cheminées, on pleurait, on criait, on hurlait :

– AU SECOURS ! À L'AIDE ! J'AI FAIM !

Groseille risque une patte
hors de la forteresse.

Les souris reviennent
sans parapluie.

Malgré la pluie fine qui tombait encore, le petit chevalier quitta sa forteresse, s'élança sur son cheval et descendit vers le village. En sursautant chaque fois qu'une goutte tombait sur son armure, il visita les lieux du drame. Puis, en claquant des dents, il cria dans un porte-voix :

Le panier à provisions vient de changer de vocation. Il sert à transporter Groseille.

Le cheval ne craint pas l'eau, car il flotte très bien.

Les vieilles guides en cuir ont été remplacées par un guidon.

Un oiseau vient
de se poser sur la tête
du petit chevalier.

Les souris se sont cachées
quelque part, mais où ?

Le petit chevalier
déteste la pluie.

– CLAC ! CLAC ! ICI VOTRE PETIT CHEVALIER ! CLAC ! CLAC !
NE VOUS INQUIÉTEZ PAS ! CLAC ! CLAC ! JE VAIS TROUVER
UNE SOLUTION POUR VOUS AIDER ! CLAC ! CLAC !

En vitesse, le petit chevalier revint chez lui en essayant
d'éviter les gouttes de pluie. Peine perdue. Trempé jusqu'aux os,
il s'enferma dans sa bibliothèque, ouvrit des livres savants,
mais il ne trouva rien… Aucun grimoire n'expliquait comment
sauver un royaume dont les échelles avaient été emportées
par le vent. Il fallait trouver une solution, et vite, avant
que tous les villageois meurent de faim !

Groseille s'assèche
avec un ventilateur.

Les souris
cherchent à grignoter
quelque chose,
mais quoi ?

Les grimoires ne donnent
aucune réponse
aux grandes questions
du petit chevalier.

La bibliothèque
est remplie de livres
qui ne donnent
aucune réponse
aux grandes interrogations
du petit chevalier.

Les
nombreux
plis sur
le front
du petit
chevalier
prouvent
qu'il est
très
préoccupé.

Les mains moites
du petit chevalier
prouvent qu'il est
très angoissé
par la situation.

Le petit chevalier quitta ses livres pour se précipiter vers son garde-manger. Il ne restait que du chocolat, beaucoup, beaucoup de chocolat ! Et beaucoup, beaucoup de farine !

Découragé, le petit chevalier se laissa tomber sur un banc. Il tenta de trouver une solution en regardant les oiseaux. Il tenta de trouver une solution en regardant le fourneau. Il tenta de trouver une solution en regardant son chat. Puis, soudainement, en pensant au chat, aux oiseaux et au fourneau, il s'écria, tout heureux :

– J'AI TROUVÉ LA SOLUTION !

Le gros fourneau
attend impatiemment...

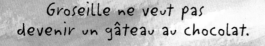

Groseille ne veut pas
devenir un gâteau au chocolat.

Les oiseaux ne veulent pas devenir des gâteaux au chocolat.

Les livres regorgent de bonnes recettes de gâteaux au chocolat.

Les bûches attendent qu'on les brûle.

Les souris qui ne comprennent rien n'ont peur de rien.

Le petit chevalier monta sur le toit de sa forteresse sans même s'abriter sous un parapluie… En criant dans son porte-voix, il appela tous les chats et tous les oiseaux du royaume… Lorsqu'ils s'approchèrent par dizaines, par centaines, par milliers, le petit chevalier leur demanda de patienter. Puis il s'engouffra dans sa cuisine pour faire cuire des dizaines, des centaines, des milliers de gâteaux au chocolat.

Le petit chevalier mélange le chocolat et la farine.

Le livre de recettes est taché de chocolat.

Les souris se délectent de farine.

En piaillant,
les oiseaux attendent
et ne comprennent rien.

De grosses gouttes
de chocolat
éclaboussent le mur.

Le petit chevalier,
dans sa hâte,
ne se préoccupe pas
du désordre.

En miaulant,
les chats attendent
et ne comprennent rien.

Au fur et à mesure que les gâteaux sortirent du four,
le petit chevalier donna des ordres. Aussitôt, les chats et les oiseaux
quittèrent la forteresse avec de gros sacs. Les chats grimpèrent
aux arbres. Les oiseaux s'envolèrent vers les maisons les plus hautes.
Surpris mais heureux, les hommes, les femmes et les enfants s'empiffrèrent
de dizaines, de centaines, de milliers de gâteaux au chocolat.

Tout heureuse,
mademoiselle Lafortune
mange du gâteau.

Tout heureux,
monsieur Painchaud
mange du gâteau.

Tout heureuses,
les souris grignotent
des miettes de gâteau.

Un oiseau,
avec son lourd sac
remplie de gâteau
au chocolat,
s'envole pour secourir
de malheureux affamés.

Tout heureux,
les jumeaux
mangent du gâteau.

Jean-Guy Thibodeau
mange du gâteau,
mais en grognant
un peu.

Un chat,
avec son
lourd sac,
grimpe
à un arbre
pour aller
secourir de
malheureux
affamés.

Tout heureuse,
Jeanne Lorette
mange
du gâteau.

Tout heureux,
les triplés
mangent du gâteau.

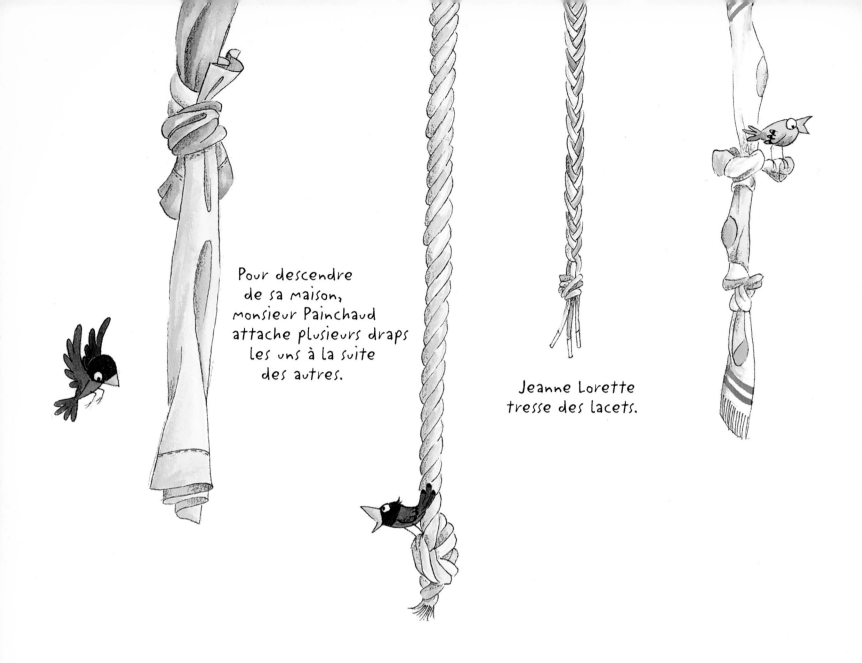

Pour descendre
de sa maison,
monsieur Painchaud
attache plusieurs draps
les uns à la suite
des autres.

Jeanne Lorette
tresse des lacets.

Lorsque tout le monde fut rassasié, on commença, enfin, à réfléchir.
Pour descendre des maisons, on noua des draps. On attacha
des chaussettes. On tressa des lacets de souliers. On détricota
des chandails et on tricota des cordes.

Les premiers rescapés aidés par le petit chevalier se lancèrent
dans la forêt. On bûcha, scia, cloua… En mangeant de bonnes portions
de gâteau, on fabriqua de grandes, de longues, d'interminables
échelles qu'on fixa solidement aux arbres et, finalement, à la Lune…

Les jumeaux aident à construire des échelles.

Les triplés jouent à la marelle au pied d'une grande échelle.

La hache de Jean-Guy Thibodeau est usée parce qu'elle a trop bûché.

Ce petit nuage
n'avait pas été invité
à la fête.

Pour remercier le petit chevalier, on organisa une grande fête
autour de la forteresse. On mangea du gâteau. On rigola.
On dansa toute la nuit. Mais soudainement, à l'aube,
un éclair jaillit dans le ciel. Le tonnerre secoua l'horizon.
Un petit nuage s'arrêta au-dessus des fêtards...
La pluie commença à tomber, de plus en plus fort,
et se fit de plus en plus menaçante. Tout le monde
se réfugia dans les caves de la forteresse.

Les souris ne savent
plus quoi faire.

Les oiseaux se sauvent
dans le ciel.

Les chats se sauvent
en courant.

Les jumeaux
se sauvent
en échangeant
des fruits.

Les triplés
se sauvent
en partageant
une salade
de fruits.

Mademoiselle Lafortune, monsieur Painchaud,
Jeanne Lorette et Jean-Guy Thibodeau
se sauvent à toutes jambes.

Contrairement à son habitude, le petit chevalier resta dehors.
Seul sous le nuage, il releva la tête en souriant. Il ouvrit les bras
pour accueillir les premières gouttelettes qui étaient chaudes comme
un matin d'été. Puis le petit chevalier se mit à rire et à danser...
Il venait de constater qu'il avait vaincu sa peur. Il ne craignait plus
les gouttes de pluie...

De coquines
gouttes de pluie.

Tout le monde regarde le petit chevalier
par les fenêtres de la forteresse.

On ne voit pas
Groseille.
Il est caché,
mais où ?

Le petit chevalier
chante une chanson
inconnue de tous.

Un parapluie en
forme de gâteau
au chocolat.

Le petit chevalier exécute
une danse inconnue de tous.

Le petit chevalier était tout heureux...
même si GNING... GNANG... GNONG...
sa cuirasse commençait à rouiller un peu !